AF499886

L'ESCULAPE

DES BATIGNOLES,

OU

LES MÉTAMORPHOSES DE HENRI JOUBERT,

CARRIER A MONTMARTRE,

RACONTÉES PAR M. JAUZE,

CHIRURGIEN AUX BATIGNOLES,

Ancien professeur des Écoles royales vétérinaires de France et d'Italie.

L'ESCULAPE

DES BATIGNOLES,

OU

LES MÉTAMORPHOSES DE HENRI JOUBERT,

CARRIER A MONTMARTRE.

Superbia et ignorantia scientiis adversantur et humilitas scientias sequitur.

Henri Joubert dont je vais décrire les faits et gestes, ne vit point le jour à Montmartre, patrie des ânes; il en méritait cependant bien la peine, aussi chacun s'en étonne-t-il. Le chef-lieu du département de Seine-et-Oise, Versailles, puisqu'il faut l'appeler par son nom, eut l'honneur d'inscrire sa naissance sur les registres de son état civil. De tout temps les grands événemens sont précédés et suivis de grandes catastrophes. Notre homme en est une nouvelle preuve. Semblable à ces héros, qui sont tout par eux-mêmes et rien par leurs aïeux, il n'eut pas le bonheur de connaître son père parmi le peuple des hommes et il perdit sa mère peu de temps après sa naissance.

Une personne charitable, mais peu favorisée de la fortune, la respectable femme Deville, marchande de poisson à l'éventaire, adopta le malheureux enfant; cette excellente personne, digne d'un meilleur sort, finit par mourir de misère : peu de temps avant son décès, elle avait encore adopté une pauvre petite orpheline. L'état de gêne où se trouva cette brave femme l'empêcha de veiller à l'éducation des deux pupiles, et ni l'un ni l'autre n'ont appris à lire et à écrire. Ils savent seulement signer d'une croix.

Assez fort pour pouvoir subvenir à ses propres besoins, le jeune Henri quitte sa patrie et va se réfugier dans les carrières à plâtre de Montmartre pour y exploiter la pierre. Il ne tarda pas à se faire remarquer dans la manière de faire jouer la mine, dans la cuisson, et surtout dans l'action de battre. Travaillant sans relâche, il parvint à amasser la somme nécessaire pour acheter deux vaches laitières. Semblable à Perrète du Pot-au-Lait, il se croit déjà dans l'opulence et bâtit des châteaux en Espagne. Il épouse sa sœur-orpheline, et sans perdre de temps, il reprend son travail avec ardeur, tandis que sa femme vient vendre à Paris, le lait de ses deux vaches. De cette alliance sortirent six garçons et une fille morte à l'âge de dix-huit à vingt ans figurante à l'Opéra. A l'exemple de leur père, les garçons n'apprirent ni à lire ni à écrire; au fur et à mesure qu'ils grandissaient, on les employait à l'exploitation et au battage du plâtre. Enfin on pouvait dire, *talis pater qualis filius*, que les enfans étaient dignes en tous points de l'auteur de leurs jours.

Les événemens de 1814 et l'entrée des étrangers dans la capitale amenèrent une maladie épizootique, causée par la mortalité considérable d'animaux tués et restés sur le champ de bataille dans la plaine Saint-Denis. Tous les villages environnans devinrent déserts. Que fait alors Henri Joubert? Semblable à Hercule partant pour l'une de ses grandes entreprises, notre héros sort furibond de sa grotte, arrive dans la plaine Saint-Denis, ramasse tous les animaux épars que la mitraille avait moissonné, pour les exploiter à son profit. Cet acte audacieux enflammant son courage, il se proclama, *conspectu gentium*, à la barbe des habitans de Montmartre, EQUA-

RISSEUR. Son ignorance crasse ne lui avait pas même laissé entrevoir que l'article VIII de l'arrêt du 16 juillet 1784, punit de prison quiconque s'immisce dans l'équarissage sans avoir préalablement obtenu une commission du gouvernement, délivrée et jugée nécessaire par des artistes vétérinaires.

Dans ces entrefaites, cette orpheline qu'il avait épousée, *mourut d'une blessure* et en donnant le jour à un septième enfant.

Le repos faisait violence au carrier métamorphosé ou plutôt déguisé en équarisseur; il avait une servante qui était venue de la Champagne, tout exprès pour soigner les vaches à Paris. Voyez combien l'on est méchant dans ces villages! De mauvaises langues n'ont-elles pas prétendu que cette Champenoise, avec quatre-vingt-dix-neuf moutons, justifiait la vérité du proverbe. Quoiqu'il en soit, Henri Joubert épousa cette *bergère*, et dédaignant le métier qu'il avait exercé, il renonce à la carrière pour se livrer au trafic des animaux morts ou à tuer. Cependant l'équarissage est un état qui demande certaines connaissances, certains talens que le carrier ne possède pas et même qu'il ne pourra jamais posséder. N'importe, se dit-il, mon ignorance est extrême, mais un sot trouve toujours un plus sot qui l'admire, et depuis le sage roi Salomon, les sots sont ici bas en majorité, comme le disait notre curé : *stultorum numerus infinitus est.* Avec de l'audace on parvient à tout. Faute de connaissances et d'instruction, l'ex-carrier fut obligé de vendre ses animaux morts à un confrère équarisseur, qui les exploite au profit de notre héros. Enfin l'orgueil le plus ridicule comme le plus révoltant fit de grands progrès chez le carrier; il avait remarqué que l'autorité locale ne lui faisait aucune observation de ce qu'il s'était immiscé illégalement dans l'équarissage; or, voyez ce qui advint. Il employa tous ses soins pour découvrir une personne distinguée dans la science comme dans la société, afin de se faire communiquer les moyens de se lancer dans la partie de la médecine relative aux animaux.

C'est en 1816 qu'un camarade de notre héros, et comme lui, grand amateur de libations bachiques, conduisit, au moyen d'une lettre de recommandation, le carrier chez un ancien professeur des écoles royales vétérinaires qui, ayant quitté l'enseignement, exerçait à Paris.

Ce professeur bon et compâtissant accueillit le

carrier, lui promit aide et protection, toutes les fois qu'il pourrait lui être utile. On a vu que le prétendu équarisseur, n'ayant jamais reçu la moindre éducation, était hors d'état de pouvoir étudier et d'apprendre. Il pouvait simplement suivre le professeur dans sa pratique; c'est ce que fit notre carrier pendant cinq années consécutives. Au bout de ce temps, le professeur fut promu à la place de médecin vétérinaire en chef du département pour un arrondissement, conformément au décret du 15 janvier 1813; le gouvernement lui ayant intimé l'ordre de faire des élèves, le professeur trouva le moyen d'être utile au carrier Joubert, en lui délivrant un diplôme de maréchal-expert. Voici le texte de la note portée sur le registre : *Joubert a été incapable d'obtenir son diplôme sous le rapport de la théorie, mais ayant suivi la pratique pendant l'espace de cinq ans, il a été décidé qu'on le lui délivrerait, mais seulement comme praticien.* C'était en 1821, et alors le chirurgien qui, depuis onze à douze ans, avait professé tour à tour, la médecine légale, l'histoire naturelle médicale, la chirurgie générale, etc., dans les écoles royales vétérinaires, lassé de parcourir le département, résolut d'adopter un canton où il concentrerait sa clientelle. Chirurgien de la Faculté de médecine de Paris, il en a toujours exercé les fonctions.

Il vint donc se fixer hors des barrières de la capitale, dans le petit village où habitait précisément le carrier devenu *maréchal-expert* PAR CHARITÉ. Le chirurgien y établit un cabinet de consultations et de pansemens. Les malades étaient obligés de venir chercher les secours, attendu que le chirurgien désirait rester chez lui. Cependant une nombreuse clientelle externe réclamant ses soins, ne pouvait être abandonnée sans s'exposer à devenir repréhensible, en conséquence le chirurgien fut obligé de sortir tous les jours. Pour accoutumer et faire connaître aux malades le rendez-vous central de ses pansemens, surtout pour ne pas laisser seul son cabinet, le professeur fut forcé de prendre une personne qui, pendant son absence, inviterait les malades à l'attendre jusqu'à son retour. Malheureusement son choix s'arrêta sur le carrier-équarisseur qui, moyennant une somme convenue, se chargea du soin de faire attendre. La confiance qui venait d'être accordée au carrier devait l'engager à la reconnaissance envers son bienfaiteur. Il en fut tout autrement; les âmes viles sont toujours ingrates.

Toujours bouffi d'orgueil et d'ignorance, le carrier Joubert ruminant sur sa situation, se dit en lui-même : oui je suis médecin, chirurgien, botaniste et apothicaire. Pourquoi pas? est-il si difficile de faire un pansement et de dicter une ordonnance. D'ailleurs je me suis laissé dire qu'un certain Figaro faisait des médecines de chevaux qui ne laissaient pas de guérir par-ci, par-là, quelques auvergnats et limousins. Nos paysans sont du même acabit. A la vérité je ne sais ni lire ni écrire; après tout tant pis pour ceux qui auront la mémoire courte et qui se tromperont. S'ils viennent à mourir ce sera leur faute, et encore une fois tant pis pour eux. S'il voyait une guérison, il s'écriait : en vérité, j'ai eu bien de la peine; semblable au médecin de Molière qui s'essuyait le front pour avoir rendu la parole à une fille qui n'étoit pas muette. Rempli de son idée, le carrier-équarisseur joue le rôle de médecin en l'absence de son maître; sans lui rendre compte de ses actions et de ce qui s'était passé pendant l'absence du professeur, il pansait les malades à tort et à travers, en leur tenant des discours dignes d'un ignorant de son espèce. A son dire, il aurait fait des cures tellement merveilleuses, qu'elles surpassaient tous les miracles de l'ancien et du nouveau Testament. Pour le carrier, les travaux d'Hercule n'étaient que de véritables jeux d'enfans. Oui, certainement je suis médecin, et persuadé du fait, le carrier a l'audace et l'impudence de donner son adresse à tous les malades qui se présentaient, en y ajoutant son titre usurpé d'équarisseur. Les malades qui voyaient plus souvent le carrier-équarisseur déguisé en médecin que le professeur, crurent à ses paroles de saltimbanque et de charlatan ; son langage sot et mystérieux persuada. En parlant aux malades, il prenait le ton de l'inspiration, et leur disait : *C'est moi qui suis le maître ; je suis, il est vrai, obligé d'avoir un médecin pour me garantir des poursuites que l'École de médecine dirige contre les hommes à talent comme moi. Sachez qu'elle est extrêmement jalouse de mes cures. Sachez encore que je leur ferais à tous non seulement la barbe, mais encore la queue.*

Jamais l'impudence et l'imposture n'ont paru sous des formes aussi effrontées; Grand Dieu, l'École de Médecine est loin d'avoir songé à un ignorant de cette espèce.

Le professeur ne s'aperçut de cette intrigue aussi illégale que criminelle, que lorsque M. le commissaire de police de la commune, suivi de deux gendarmes, vint pour saisir le peu de médicamens qui étaient déposés dans son cabinet et qui servaient au pansement des malades. Le commissaire en s'adressant au carrier, lui demanda : « C'est ici chez vous ? — Non, monsieur, répondit l'équarisseur, vous êtes chez monsieur, en lui montrant le chirurgien, qui reprit aussitôt la parole en ces termes :

« Oui, monsieur le commissaire, vous êtes ici chez moi, et tous les médicamens que vous venez saisir m'appartiennent ; ils sont destinés au pansement des malades qui se présentent ici. » Cependant, le commissaire ne voulut rien entendre ni écouter ; il fit la saisie des médicamens et les envoya au palais de justice. L'affaire fut instruite, et le carrier, déguisé si plaisamment en médecin, fut déclaré coupable d'exercice illégal ; le tribunal de police correctionnelle le condamna à cinq cents francs d'amende et aux dépens. Le professeur qui n'avait aucune connaissance des faits et gestes du carrier, s'était rendu au tribunal uniquement pour réclamer ses médicamens ;

quelle fut sa surprise lorsque, sans avoir été entendu, il se vit condamner par le même jugement comme complice du carrier, pour avoir couvert cet empyrique de son nom. Le professeur comprit alors, mais trop tard, combien il avait été trompé par le carrier Joubert; il rappela de suite à la Cour royale du jugement; et la Cour, plus amplement informée, le déchargea de la plainte et le renvoya de l'accusation sans amende ni dépens, et lui fit restituer tous les médicamens saisis. Le carrier-équarisseur fut désespéré de ce que le professeur, qu'il avait si indignement trompé, ne voulait plus entendre parler de lui et qu'il fallait en venir à une rupture complète. Il fit alors le nouveau Sganarelle; il se remit à écorcher les chiens et les chats; il alla panser en secret et particulièrement dans les cabarets du pays, tous les malades assez simples qui avaient confiance en ce charlatan. Demeurant auprès du professeur, il arrêtait tous les infirmes qui, pour se faire panser, se rendaient à la maison de son maître, de son bienfaiteur; il outrageait d'une manière scandaleuse l'homme généreux qui l'avait tiré de la misère, qui lui avait fourni le moyen de se procurer du pain pour le reste de ses jours. Le carrier-équarisseur fut pris en flagrant délit, la justice dut prononcer sur son sort.

Le professeur à cette occasion publia un mémoire qui fut distribué aux membres de la Cour et qui relatait les faits ci-dessus exprimés. Les faits n'ayant pas été assez prouvés, le tribunal a renvoyé le chirurgien Jauze de sa plainte.

La justice veille; l'ignorance sera reconnue; l'empyrique démasqué sera entièrement confondu, et la vérité paraîtra tout entière.

Voici en peu de mots les métamorphoses du carrier de Montmartre, *équarisseur par circonstance, maréchal-expert par charité, et médecin par orgueil et ignorance.*

Signé ANDROPHILE, au nom des humains,

HIPPARQUE, défenseur des animaux.

IMPRIMERIE DE MARCHAND DU BREUIL,
Rue de la Harpe, n° 80.

AVIS.

Le chirurgien *Jauze* prévient le public que, depuis 1820, il n'a pas cessé de donner ses consultations et faire ses pansemens *aux Batignolles, au bas de la butte des Deux-Moulins*. Il prie en outre le public de ne pas le confondre avec *l'ex-carrier Henry Joubert*, qui, depuis long-temps, détournait les malades qui se rendaient chez M. Jauze.

Batignolles, 15 juillet 1829.